Occhi di Viola
Volume 2: L'Inseguito (Arjwan)

This is a work of fiction. Similarities to real people, places, or events are entirely coincidental.

OCCHI DI VIOLA VOLUME 2: L'INSEGUITO (ARJWAN) SCRITTO DA GHADA HASSAN

First edition. November 11, 2024.

Copyright © 2024 Ghada Hassan.

ISBN: 979-8224140756

Written by Ghada Hassan.

Also by Ghada Hassan

Me and other me
Me and Other Me

Novel The Violet Eyes
The Fugitive Novel
Fiora Novel

Romanreihe Violette Augen
Der erste Teil Die Magie der Söhne der Tore

Serie di romanzi Occhi viola
Occhi di Viola Volume 2: L'Inseguito (Arjwan) Scritto da Ghada Hassan
Serie di romanzi Occhi viola La prima parte Tra la città di Barzakh e i regni

The Violet Eyes series

The magic of the Sons of the gates novel

عيون البنفسج
رواية سحر أبناء البوابات
رواية الهارب
رواية فيورا

Standalone
أنا و أنا الأخرى
❖❖❖❖❖ ❖❖❖❖ ❖❖❖ 1 ❖❖❖❖❖❖❖❖❖

Sommario

Scritto da Ghada Hassan 1
Capitolo Uno | Il Mascherato 2
Capitolo Secondo: | La Paura del Re 6
Capitolo Terzo: | Immagini dal Passato 9
Capitolo Quattro | Volti Nuovi 12
Capitolo Cinque | Il Passato 15
Capitolo Sesto | Una Vecchia Storia 18
Capitolo Settimo | I Regni della Fiamma 21
Capitolo Ottavo | Il Nato dagli Occhi Viola 23
Capitolo Nono | Gli Sconosciuti 26
Capitolo Dieci 28
Capitolo Undici | Persecuzione 31
Capitolo Dodici | Un Viaggiatore Solitario 34
Capitolo Tredicesimo: | Il Ritorno 37
Capitolo Quattordicesimo: | Solo 40
Capitolo Quindicesimo | Una conversazione tranquilla 43
Capitolo Sedicesimo | Attrazione nascosta 45
Capitolo Diciassettesimo | La Confrontazione 47
Capitolo Diciottesimo | La Fuga 50
Capitolo Diciannove | La Foresta degli Spettri 53
Capitolo Venti | Notizia Urgente 56
Capitolo Ventuno | La Città di Smeraldo 59

Scritto da Ghada Hassan

Capitolo Uno
Il Mascherato

Dopo dodici panni...
Il regno principale di Sofia, Agur, è pieno di individui mascherati, e tante sono le voci e le dicerie che circolano tra la gente. Mentre uno di questi individui passa, sente due persone che conversano.
"Lo sai? Si dice che Il principe ereditario Arjwan sia morto..."
"Morto? Scherzi?! Perché il palazzo non lo ha annunciato allora?"
"No, no, non è morto... Si dice che sia malato e non possa muoversi."
"Di che malattia soffre?"
"Non lo so, ma deve essere qualcosa di grave... oppure qualcuno potrebbe averlo avvelenato."
"Di cosa stai blaterando? Chi lo avrebbe avvelenato?"
"Non lo so... I re hanno tanti nemici..."
"Io ho sentito qualcos'altro..."
"E cosa sarebbe?"
"Ho sentito che è scappato e si è nascosto da qualche parte."
A quel punto, uno dei presenti scoppia a ridere: "Scappato?! Perché mai dovrebbe scappare proprio lui, che è destinato a diventare re? Siete matti?"
"Chi sarebbe il matto?"
"Tu, ovviamente!"
I due iniziano a Insultarsi e tra loro scoppia una rissa. Il mascherato, che non mostra nulla del suo volto tranne qualche ciocca di capelli castani e occhi neri privi di qualsiasi scintillio, continua il suo cammino senza intervenire.
Procede tra I vicoli bui, evitando gli sguardi curiosi. I suoi passi si sentono appena sul pavimento di pietra umido, come se la stessa terra collaborasse con lui per mantenere segreti I suoi movimenti.
"Hai sentito del principe Arjwan?" chiede uno degli uomini seduti in una taverna.
"Sì, dicono che sia scappato in un luogo sconosciuto. Alcuni dicono che sia gravemente malato, altri che sia stato avvelenato," risponde un altro.

"Qualunque sia la verità, Il regno è in subbuglio. Il re Kin non è affatto contento," commenta un terzo.
Il mascherato, che si è seduto dietro di loro a bere, ascolta con attenzione.
"Si dice che Il re mandi soldati travestiti da mercanti e mascherati a cercarlo," racconta uno di loro ai suoi compagni.
Il mascherato smette di bere per ascoltare meglio.
"Ecco perché ci sono così tanti mascherati in città," continua l'uomo.
"Ne ho visti diversi camminare insieme per le strade."
Uno degli uomini si accorge del mascherato alle loro spalle e dice agli altri: "Smettetela di parlare! Sembra che uno di loro sia proprio dietro di noi."
Il mascherato nota Il loro sospetto e decide di allontanarsi, continuando il suo cammino.

Il mascherato si allontana dalla città, assicurandosi che nessuno lo stia seguendo. Indossa un amuleto magico che lo protegge dagli sguardi dei maghi. Continua a camminare finché non scompare tra I boschi di Agur.
Questi boschi incantati sono noti per essere spaventosi e avvolti nel mistero, con alberi altissimi e rami intrecciati che bloccano la luce del sole, lasciando tutto nell'oscurità sia di giorno che di notte. Una luminescenza spettrale rende il luogo ancor più misterioso. Oltre all'aspetto inquietante, I boschi ospitano spettri che cercano vendetta contro chi li ha uccisi o danneggiati in vita.

Il mascherato procede all'interno della foresta come se conoscesse bene la strada. Avanza con passo deciso, come se ogni angolo oscuro non rappresentasse per lui un ostacolo. L'aria è fredda e emette suoni spaventosi, mentre le urla degli spettri infondono paura nei cuori.
Nonostante tutto, l'uomo continua il suo cammino fino a raggiungere Il cuore della foresta. Si siede su una roccia al centro di uno spazio libero, dove gli alberi lasciano intravedere una radura illuminata da un lago incantato di un colore turchese.
Uno spettro della foresta, tremante di paura, lo raggiunge.
"Quando cambierai il tuo comportamento, Shas? Come può uno spettro tremare e agitarsi?" domanda il mascherato.
"Non sono riuscito a cambiare quando ero umano. Dovrei forse farlo ora che sono un fantasma, mio signore?" risponde Shas.
"Sei tu che dovresti spaventare gli altri, non viceversa, Shas."
"Ma, signore, è la tua presenza a incutermi timore."
"Sei un adulatore," risponde il mascherato, mentre Shas ride.
"Sono il tuo fedele servitore, mio signore. Spero che tu abbia notizie questa volta."
"Non ce ne sono di nuove. Le voci continuano a circolare, alcune false, altre forse vere... Ma c'è qualcosa di strano."
"Cosa, mio signore?"
"Ho sentito che ci sono mascherati che si aggirano in città in cerca del principe... Ma non preoccupartene, non è affar tuo."
L'uomo si toglie il mantello, rivelando la sua vera identità mentre I suoi occhi diventano di un viola intenso.

Capitolo Secondo:
La Paura del Re

Ken era seduto nel suo salone reale quando entrò Cor.
Cor: "Signore, mi hai ordinato di venire..."
Ken: "Cosa è successo riguardo a Arjuwan?"
Cor: "Non siamo riusciti a trovarlo, mio Signore."
Ken, urlando con rabbia: "Sembra che tu sia invecchiato, Cor, e che tu e I tuoi uomini non abbiate più alcun valore."
Cor: "Mi dispiace, mio Signore, stiamo facendo del nostro meglio, ma non riusciamo a rintracciarlo, è come se la terra si fosse aperta e l'avesse inghiottito."
Ken: "Cercate ovunque, Cor, sopra e sotto terra. Dovete trovarlo vivo o morto."
Cor: "Non capisco, mio Signore. Potresti semplicemente dichiarare il piccolo principe come erede al trono."
Ken: "Come posso nominare il piccolo come erede al trono mentre suo padre è ancora vivo? Cosa direbbe il popolo? Perché l'ho rimosso e messo suo figlio al suo posto? E cosa succederebbe se dovesse riapparire dopo la mia morte e reclamare la reggenza sul piccolo? Doveva morire nel palazzo davanti ai miei occhi."
Cor: "Signore, non prendere tutto questo peso su di te, lo troveremo presto, stiamo cercando ovunque."
Ken: "Ma in silenzio, Cor, nessuno dei miei nemici deve sapere che lo stiamo cercando, né il sud né I regni di Sofia. Non si fermeranno finché non avranno smembrato Ajor."
Cor: "Non ti preoccupare, mio Signore. Nessuno può avvicinarsi al regno di Ajor. Non dimenticare che tuo nipote ha gli occhi viola e può aprire I portali che conducono ai regni delle fiamme, e può controllare le creature dei portali."
Ken: "E cosa possiedono gli altri quattro regni? Ognuno di loro ha uno dei figli di Durgam, e alcuni possiedono anche un nipote come il mio. Non è facile, Cor, non è affatto facile. Tutto ciò che voglio è quel Arjuwan, devi portarlo qui, anche se dovessi entrare nella foresta degli spiriti."

Cor: "Nessuno può entrarci, Signore. Chiunque vi entri, muore."

Ken: "Lo so, lo so, ma forse c'è una possibilità molto piccola."

Ken, respirando profondamente e cercando di calmarsi mentre siede sul suo trono massiccio:

Ken: "Se non riusciamo a trovare Arjuwan, ci troveremo in una posizione molto debole. Nessuno accetterà che il piccolo diventi erede al trono senza essere sicuro della morte di Arjuwan."

"Ascolta attentamente, Cor. Trova I migliori maghi specializzati nel rintracciare, di cui possiamo fidarci, e tutto questo deve essere fatto in totale segretezza."

Cor: "Come desideri, mio Signore."

Ken gli fece cenno di andarsene, e Cor si inchinò, fece due passi indietro, poi lasciò la grande sala.

Ken rimase immerso nei suoi pensieri, che lo opprimevano fino al punto che la sua testa sembrava sul punto di esplodere. La paura lo perseguitava, credeva che con Arjuwan avrebbe avuto il controllo dei portali e, sposando sua figlia, non sarebbe stato solo il sovrano di Ajor, ma avrebbe posseduto tutti I regni di Sofia, e forse anche quelli del sud. Tuttavia, la personalità di Arjuwan, che non ambiva al potere e non si adattava ai suoi piani, lo aveva deluso. La sua disobbedienza lo aveva portato a desiderare che si allontanasse sempre di più, fino a fargli rimpiangere di averlo nominato erede al trono.

In realtà, non c'era altra opzione che nominarlo erede, poiché un trono vacante non era un'opzione ad Ajor, e le leggi del regno non permettevano alle donne di ascendere al trono.

Ken si ripeteva spesso che avrebbe voluto un figlio maschio, ma era stato benedetto solo con una figlia...

Capitolo Terzo:
Immagini dal Passato

10

Arjuwan era seduto su una roccia quando sentì Lavinia chiamarlo. La seguì lontano, desideroso di rivedere I suoi fratelli. Lavinia cominciò a muoversi e a correre tra gli alberi, e lui la seguiva, ma lei continuava ad allontanarsi sempre di più. Lentamente, l'oscurità lo circondò finché si trovò In un luogo completamente buio. Fu costretto a fermarsi e si guardò intorno sperando di vedere una luce, anche minima. Improvvisamente, un bagliore molto debole illuminò il luogo, e si ritrovò nella sua stanza nel palazzo. Sentì un forte senso di oppressione al petto e iniziò a ansimare. Vide sua moglie seduta sul letto, raccontando al loro figlio storie fantastiche di suo padre, che avrebbe combattuto con coraggio nelle battaglie.

Arjuwan si chiese: "Sono morto adesso? Non esisto più?"

Si voltò e chiamò Lavinia, ma nessuno rispose. Guardò sua moglie, che non lo sentiva, mentre continuava a raccontare storie. Si avvicinò un po' e la chiamò, "Gina..."

Improvvisamente, Gina si voltò, incrociando il suo sguardo con una fredda occhiata che gli fece tremare il cuore. Tentò di allungare la mano verso di lei e di avvicinarsi, ma si fermò. Lei distolse lo sguardo e continuò a raccontare la sua storia, ignorandolo completamente.

Con voce straziata, Arjuwan la chiamò ancora una volta: "Gina... Gina!"

Ma lei non si voltò e nemmeno suo figlio poteva vederlo.

Arjuwan si sentiva terribilmente solo, il respiro diventava sempre più affannoso, il dolore alla testa aumentava, e sentiva un peso immenso sul petto.

Iniziò a chiamare I suoi cari:

"Fiora, mi senti? Juan, dove sei? Gian, non lasciarmi solo! Lavinia, non andare via! Akira, torna... Lana..." Arjuwan ricordò che Lana non c'era più, come anche suo padre e sua madre, e persino il bambino di allora. S voltò di nuovo verso sua moglie e suo figlio, trovando la stanza vuota. Urlò I loro nomi uno dopo l'altro, gridando disperatamente, sperando che qualcuno lo sentisse.

...

Sash si avvicinò a lui, chiamandolo finché non si svegliò:
"Sire, sire, svegliati, ti prego, stai sognando un brutto sogno, svegliati."
Arjuwan aprì gli occhi, spaventato dall'incubo che l'aveva tormentato.
Sash gli porse dell'acqua, e Arjuwan bevve, cercando di riprendere fiato.
Sash: "Sembra che tu abbia avuto un Incubo molto brutto, sire."
Arjuwan: "Non è un incubo, Sash, è la realtà..."
Arjuwan si asciugò le lacrime.
Sash: "Cosa intendi dire con 'realtà', sire?"
Arjuwan: "Ero completamente solo, Sash. Tutti erano spariti, non c'era più nessuno di loro. Ero completamente solo..."
Sash: "Chi sono tutti, sire? Chi intendi per 'tutti'?"
Arjuwan: "Intendo la mia famiglia, che è mia responsabilità. Ho perso I miei fratelli tanto tempo fa, e ora sto cadendo nella stessa trappola di nuovo..."
Sash: "Non capisco bene, sire."
Arjuwan: "È una lunga storia, te la racconterò più tardi. Lasciami andare a nascondermi e a cercare informazioni in città."
Sash: "Sire, non hai mangiato bene, e Cor e I suoi uomini sono pronti a tutto, e le guardie sono sempre più numerose giorno dopo giorno..."
Arjuwan: "Non preoccuparti per me, Sash. Forse ho dovuto fuggire dal palazzo, ma non sono debole come ero prima di lasciare la città del Limbo."
Arjuwan si alzò dalla roccia, deciso a scoprire cosa stava accadendo in città, a prescindere dai pericoli intorno a lui. Si prese un momento per calmarsi dopo l'incubo, quindi si incamminò lungo il sentiero oscuro che portava alla città.
Sash, preoccupato, disse:
"Sire, non puoi andare In città da solo. Devi stare attento, I nemici sono ovunque."
Arjuwan rispose con sicurezza:
"Non preoccuparti, Sash. Ho imparato

Capitolo Quattro
Volti Nuovi

Arjuwan si traveste di nuovo per osservare la città; la situazione non è cambiata molto, forse il numero di soldati e maghi che lo cercano è persino aumentato. È diventato uno dei maghi più abili nel nascondersi e un cavaliere eccezionale, tale da non destare sospetti. Cammina per la città con passi sicuri, senza che nessuno sospetti di lui. Ogni volta che qualcuno lo ferma, si toglie Il velo con disinvoltura, rivelando I suoi capelli castani, la pelle olivastra e gli occhi marroni privi di luce. Improvvisamente, nel lato opposto della città, scoppia il caos. Tutti si precipitano in quella direzione; forse si tratta proprio del principe fuggitivo, Arjuwan.

Arjuwan ferma un uomo di Ajur che corre:

"Cosa è successo?"

L'uomo risponde: "Non lo so, ma sembra ci sia confusione. Dicono che sia apparso il principe Arjuwan; voglio andare a vedere."

Spinto dalla curiosità, Arjuwan decide di unirsi alla folla per vedere il principe fuggitivo.

Quando arriva, trova soldati e maghi che inseguono un uomo mascherato, vestito di rosso, che ha nascosto il volto e gli occhi. L'uomo si muove a una velocità incredibile, mai vista prima nelle terre di Sofia o del Sud; le sue movenze sono quasi invisibili. Si diverte a beffare I soldati, muovendosi agilmente tra loro con un sorriso ironico. Arjuwan resta incantato dalla velocità e dall'agilità dell'uomo, al punto da non notare chi si avvicina da dietro.

Un ragazzo mascherato di circa dodici o tredici anni gli sussurra all'orecchio: "Non dovresti scappare prima che Kur ti scopra? Sii intelligente e scappa."

Arjuwan, sorpreso, si gira per vedere il ragazzo, ma lui è già scomparso tra la folla. Cerca di trovarlo senza successo.

Si volta verso la piazza e vede Kur avvicinarsi rapidamente con I suoi uomini. Avvertendo il pericolo, decide di lasciare il posto, ma prima lancia uno sguardo all'uomo mascherato, che improvvisamente si ferma, rivelando solo I suoi occhi e strizzandoli in una rapida occhiata provocatoria. Gli occhi rosso rubino lo lasciano scioccato.

Kur si avvicina ancora di più, ma l'uomo mascherato copre gli occhi e si dirige nella direzione opposta a quella di Arjuwan.

Arjuwan capisce che quell'uomo e il ragazzo conoscono la sua vera identità. Non c'è tempo per riflettere; deve fuggire immediatamente. Riusce a scappare grazie all'uomo mascherato e al giovane ragazzo, ma si chiede come abbiano capito chi fosse e perché lo abbiano avvertito.

Pieno di dubbi, si dirige verso la foresta, ma quelle domande continuano a tormentarlo...

Capitolo Cinque
Il Passato

Passano alcuni giorni e Arjuwan continua a pensare a quanto accaduto in città. È immerso nei ricordi dei suoi fratelli, e si domanda dove siano ora e come abbiano vissuto dopo la loro separazione. Il sentimento di nostalgia mescolato a una profonda tristezza lo pervade, e ricorda il suo figlioletto, chiamato come suo padre, nonostante le obiezioni di Kin. Pensa alle difficoltà affrontate negli ultimi anni e al modo in cui la sua vita è cambiata. Dopo la separazione dei suoi fratelli tra le terre di Sofia e la partenza di Lavinia verso le montagne con il saggio, con la scomparsa di Lana, Kin decise di far sposare Arjuwan con sua figlia Gina, due anni più giovane di lui.

Gina era di una bellezza straordinaria: occhi grigi a mandorla, lunghi capelli neri, un corpo snello, labbra piene, naso affilato e pelle bianca. Era un fascino magnetico che attirava chiunque la vedesse, ma l'autorità di Kin e la freddezza di Gina mettevano a disagio chiunque si avvicinasse a lei. Il matrimonio fu tranquillo e modesto per la figlia del re di Ajur. Non sorrise nemmeno e sembrava costretta, o almeno così notò Arjuwan.

Ricorda come, da quel momento, la sua vita prese una direzione che non poteva controllare. Doveva obbedire agli ordini di Kin senza possibilità di scelta.

Perduto nei suoi pensieri, Arjuwan cammina nel cuore della foresta degli spiriti, ma I ricordi continuano a perseguitarlo. Improvvisamente, Sash interrompe I suoi pensieri:

"Signore, non sembra stare bene."

Arjuwan: "Sto bene, Sash. Ho solo ricordato una parte del passato."

Sash: "Dobbiamo lasciare il passato alle spalle, signore, e guardare avanti."

Arjuwan: "Hai ragione, ma il mio futuro dipende dal risolvere I problemi del passato."

Sash sorride: "Parole sagge, signore. Finché sei vivo, devi cercare la soluzione. Sei in una posizione di invidia per molti."

Arjuwan: "Davvero? Chi sarebbero questi invidiosi, Sash?"

Sash: "Io e gli spiriti della foresta, noi che siamo sospesi tra la vita e la morte senza poter vivere o morire come gli altri."

Arjuwan: "Perché, Sash? Non vi basta vendicarvi?"

Sash sorride: "Ah, se fosse così semplice, signore."

Arjuwan: "Perché?"

Sash: "In verità, la nostra storia ha a che fare con la tua famiglia."

Arjuwan si alza improvvisamente: "La mia famiglia? È stata la mia famiglia a ridurvi in questa condizione? Dovete vendicarvi di loro?"

Sash: "Sì, la tua famiglia è la causa, ma la vendetta non è quello che cerchiamo. È una lunga storia."

Arjuwan: "Penso di avere abbastanza tempo per ascoltarla, Sash."

Capitolo Sesto
Una Vecchia Storia

Sash iniziò a raccontare la sua storia e quella degli spettri della foresta. "La nostra storia Inizia mille anni fa, quando non c'erano ancora I regni attuali... quando non c'era alcun velo a separare I regni l'uno dall'altro."
Argwan lo interruppe: "Quale velo intendi?"
Sash sorrise: "Non c'era nulla che separasse I Regni di Sofia dai Regni del Sud e dei Regni della Fiamma, mio signore."
Argwan: "Cosa intendi? Non c'erano portali?"
Sash: "Non c'erano portali, mio signore. I portali vennero creati solo successivamente e iniziarono ad avere guardiani tra I mostri..."
Argwan provava un certo senso di straniamento per ciò che stava sentendo: "Ma questo non è riportato nella storia dei regni!"
Sash: "Non verrà mai riportato, mio signore. La storia dei regni è stata distorta, e ciò che ascolti ora è la sua vera versione."
Sash proseguì: "All'epoca, la terra viveva unita e senza confini, c'era una grande civiltà chiamata 'Arsal', governata dai Signori dagli Occhi Cremisi."
Argwan lo interruppe con stupore: "Occhi cremesi?!"
Sash: "Sì, gli occhi cremesi, proprio come quelli della tua famiglia. In quel tempo regnavano prosperità e avanzamento, e maghi, guerrieri e perfino stregoni vivevano in armonia e benessere. Ma come spesso accade, il desiderio umano di ottenere più potere divenne la loro rovina. Questo accadde quando Makht, figlio del sovrano, succedette al padre."
Makht desiderava solo potere, non si curava del bene comune. Creò mostri e usò incantesimi per renderli più grandi e potenti. La loro forza divenne fuori controllo e iniziarono ad attaccare il popolo stesso, con I maghi e I guerrieri incapaci di fronteggiarli.
I saggi decisero allora di intervenire e convocarono il tuo antenato per guidare una grande battaglia contro Makht e I suoi mostri. Ma la mia tribù non si unì a lui e considerammo questa battaglia non nostra. Il tuo antenato lo considerò tradimento ma non agì contro di noi. Poco dopo, tuttavia, Makht attaccò il nostro villaggio. Fummo sacrificati, e questo ci ha legato alla foresta come spettri."

Argwan lo interruppe: "Ma il mio antenato è morto molto tempo fa..."
Sash sospirò: "Ecco perché siamo ancora qui, bloccati tra la vita e la morte."

Capitolo Settimo
I Regni della Fiamma

Argwan: "Non capisco, allora chi ha sconfitto Makht?"
Sash: "Poco dopo l'attacco di Makht, arrivò in soccorso il nonno di Kain, con I suoi maghi e guerrieri più potenti. Con il loro aiuto, il tuo antenato riuscì a sconfiggere Makht. Ma le creature rimasero incontrollabili. Il mago Serge propose allora una soluzione: un velo che separasse I mostri dagli umani, ma richiedeva una grande forza magica e fisica."
Argwan, sempre più coinvolto nella storia: "Qual era questa soluzione? E cosa successe dopo?"
Sash: "Il prezzo fu alto. Il tuo antenato si sacrificò per creare il velo, divenendo il nucleo stesso della magia che separava I regni."
Ma, una volta morto Il tuo antenato, gli altri leader ruppero le promesse fatte. Si separarono in Regni del Sud e nelle cinque principali città del Nord, con il nonno di Kain che ottenne la maggior parte dei territori."
Argwan: "E I Regni del Limbo?"
Sash: "Per mantenere Il velo, Serge impose che I discendenti del tuo antenato non venissero mai estinti, poiché il velo è legato al loro sangue. Così, fu concessa loro una città, Arsal, nei Regni del Limbo. Se il loro lignaggio si estinguesse, il velo si romperebbe e le creature e gli uomini dagli occhi cremesi tornerebbero."

Capitolo Ottavo
Il Nato dagli Occhi Viola

Sash continuò la storia per Argwan: "La madre diede alla luce un bambino dagli occhi viola affascinanti, circondato da gioielli. Serge rivelò che la riflessione dell'incantesimo si manifestava negli occhi del neonato, e che ogni figlio della tua famiglia avrebbe avuto questi occhi particolari e la capacità di aprire portali nel velo."

Passarono diversi mesi, e la madre minacciò di uccidersi insieme al bambino. Quando tentarono di separarli, si aprì il primo grande portale, proprio dove oggi si trova la Città del Limbo. Con il ritorno del bambino alla madre, il portale si chiuse e fu posto un simbolo per ricordarlo. Fu così che vennero collocati nella Città del Limbo, dando origine alla città."

Argwan: "E come potevano muoversi liberamente?"

Sash rispose: "Quando tuo nonno crebbe, combatté in guerre contro ladri e nemici dei regni, e questo permise a lui e alla sua famiglia di viaggiare."

Argwan: "Sembra una storia simile a quella mia, dopo la partenza dei miei fratelli... La differenza è..." sospirò, perdendosi nei ricordi.

Sash chiamò Argwan più volte finché non rispose.

Sash: "Sembra che tu sia andato in un altro mondo, mio signore."

Argwan: "Magari, Sash. È solo che I dolori del passato tornano a tormentarmi..."

Sash: "Non disperare, mio signore. Sono sicuro che tutto si risolverà presto."

Argwan: "Strano sentire queste parole da te, Sash."

Sash: "È perché sono uno spettro da più di mille anni?!"

Argwan: "Esatto, dovresti aver perso ogni speranza, eppure provi a darla a me..."

Sash: "No, non ho perso la speranza. Da quando ti ho incontrato, sento di essere tornato alla vita."

Argwan: "Come può essere? Coloro che ti devono perdonare sono morti da tempo."

Sash: "Hai ragione, mio signore. Ma nei manoscritti esiste una soluzione."

Argwan: "E qual è?"

Sash: "Arriverà una ragazza dagli occhi viola a cui è stata tolta la luce con la forza, e lei porterà la soluzione."

Argwan: "Chi è? Non è mai nata una ragazza con queste caratteristiche nella mia famiglia."

Sash: "Non lo so, mio signore, forse apparirà in futuro. La aspetteremo, anche se dovessimo attendere altri mille anni."

Argwan: "E cosa farà per salvarvi?"

Sash: "Non si menziona altro, se non che tutto dipende da lei."

Argwan: "Allora tu segui una speranza vaga e io vivo in un'illusione." Sorrise sarcastico e proseguì: "Siamo proprio una buona compagnia, Sash. Siamo davvero amici speciali."

Sash, sorpreso dalle parole di Argwan: "Amici?!"

Argwan: "Certo, siamo amici. Non mi consideri tuo amico?"

Sash, cercando di nascondere il suo sorriso timido: "È un grande onore, mio signore."

Argwan: "Quale onore? È semplicemente la verità, amico mio."

Capitolo Nono
Gli Sconosciuti

In un luogo sconosciuto, l'uomo dagli occhi cremisi e un ragazzo mascherato incontrano due uomini imponenti, anch'essi mascherati.
L'uomo dagli occhi cremisi: "Hai visto cosa è successo oggi? Abbiamo salvato Argwan prima che Kur lo catturasse."
Il ragazzo: "Sì, padre. È riuscito a fuggire all'ultimo momento, ma c'è una cosa che non capisco."
Il primo uomo mascherato, seduto con il gomito sul ginocchio: "Cosa ti sorprende, ragazzo?"
Il ragazzo: "Come facevate tu e mio zio a sapere che Kur avrebbe scoperto Argwan? Il suo travestimento era perfetto, dubito che Kur l'avrebbe riconosciuto."
Lo zio: "Non conosci Kur, ragazzo. È un uomo astuto, forse lo avrebbe scoperto, forse no. Dovevamo essere pronti."
L'altro uomo sorrise sotto la maschera: "Argwan non è scaltro, è trasparente e sincero come uno specchio. Ma Kin e Kur sono diversi, ed è per questo che è caduto nella loro trappola."
Lo zio parlò Ironicamente: "Dovrebbe stare lontano dalla figlia di Kin, o non mettere al mondo un figlio dagli occhi viola."
L'uomo: "Certamente."
Lo zio: "Sei uno sciocco! Cosa dovrebbe fare uno che cerca di salvarsi la vita?"
L'uomo: "Fare la cosa giusta."
Lo zio: "Quale giustizia? Il ragazzo non aveva scelta."
L'uomo: "Doveva creare le sue scelte."
Lo zio: "Ha scelto, ha protetto I suoi fratelli."
La discussione si fece accesa. Il ragazzo dagli occhi cremisi sorrise: "Il clima si sta scaldando... La vera amicizia fa apprezzare la vita." Guardò il giovane accanto a lui: "Non preoccuparti, io ti considero un amico, anche se fossi più alto e grande sarebbe meglio. Ma mi accontento."
Il ragazzo ignorò Il commento e si allontanò senza rispondere.

Capitolo Dieci

Dieci anni fa, Kin stava seduto ad aspettare la nascita del nuovo nato, mentre Urjuwan si trovava di fronte alla stanza di sua moglie, le cui grida gli ricordavano quelle di sua madre prima della sua morte. Un'ansia opprimente lo divorava, una paura che sembrava voler strappare il suo cuore, e dipingeva sul suo viso un'espressione di timore e angoscia. Era preoccupato per lei, mentre si disprezzava per non poter fermare quelle urla strazianti.

Kin, intanto, aspettava con impazienza il nipote. Sarebbe nato con gli occhi viola e avrebbe ereditato il potere che lui tanto bramava. Kin non pensava ad altro che al desiderio di avere un nipote maschio, mentre Urjuwan desiderava soltanto che suo figlio e sua moglie stessero bene. Urjuwan non aveva mai mostrato amore per sua moglie; non aveva mai pensato all'amore, né se ne era mai preoccupato. Anche quando sentiva dolore e paura per lei, pensava soltanto che si era abituato alla sua presenza, nulla di più.

Il tempo passava lentamente e il cuore di Urjuwan tremava ad ogni secondo che passava, sperando nella salvezza della moglie e del figlio. Nel frattempo, l'ansia di Kin cresceva, temendo che il nascituro fosse una femmina. Non era l'attesa di un padre per la nascita di suo figlio, né quella di un suocero per la salvezza di sua figlia, ma piuttosto l'attesa di un uomo per la sopravvivenza della propria famiglia e di un re per le sue ambizioni future.

Dopo un po' Il medico uscì, ponendo fine all'ansia accumulata in Urjuwan, e gli annunciò la nascita del suo bambino e la sopravvivenza della moglie. Urjuwan si precipitò dentro, provando una felicità mai sentita prima, come se lui stesso fosse nato e stesse accogliendo la vita con un cuore puro. Il suo cuore batteva più veloce ad ogni passo, come se volesse sfidare il tempo.

Urjuwan si avvicinò a sua moglie, che giaceva stanca sul letto, e le accarezzò il viso con la punta delle dita, chiedendo al medico: "Sta bene?"

Medico: "Sì, vostro altezza, sta bene. Non preoccupatevi."

Il medico gli consegnò Il suo piccolo, e la gioia riempì il cuore di Urjuwan. Tuttavia, quella felicità si trasformò presto in ansia quando vide che suo figlio aveva gli occhi viola. Il cuore di Urjuwan iniziò a battere forte, e strinse il bambino tra le braccia, tormentato da pensieri che sembravano inseguirlo. Fu interrotto bruscamente quando Kin entrò nella stanza senza preoccuparsi della figlia o della presenza di altri, strappando il bambino dalle braccia del padre che lo teneva stretto.

Kin: "Ho sentito che è nato..." rise di gioia e continuò: "E ha anche gli occhi viola, che sollievo e felicità!"

La gioia e l'avidità per Il potere si leggevano chiaramente sul volto di Kin, che sembrava aver conquistato l'intero mondo. In quel momento, Urjuwan ebbe la certezza che le sue paure fossero vere e che non fossero soltanto pensieri fugaci. Tutto ciò che desiderava era che si sbagliasse.

Capitolo Undici
Persecuzione

La situazione di Urjuwan si stabilizzò per un po' dopo la nascita del figlio, ma quando il ragazzo compì due anni, Kin iniziò a perseguitare Urjuwan e a scontrarsi con lui in modo indiretto. Con il passare del tempo, Kin voleva liberarsi di Urjuwan e avere il controllo diretto sul nipote. Il suo obiettivo era crescere il bambino sotto la sua guida, secondo le sue regole, per fare di lui l'erede al trono e controllarne I poteri magici. La sua avidità cresceva giorno dopo giorno e, per raggiungere il suo scopo, Kin sapeva di dover eliminare Urjuwan.

Nel frattempo scoppiò una guerra tra il Sud e I regni di Sofia. Kin, convocando Urjuwan: "Sai cosa è successo ai confini dei regni di Sofia..." Urjuwan: "Sì, mio signore, ho sentito la notizia. È deplorevole, queste guerre interminabili pesano sulle vite di entrambi I popoli, e la situazione è fuori controllo. Gli innocenti sono coloro che pagano il prezzo di queste guerre."

Kin: "È per questo che non andiamo d'accordo, Urjuwan." Urjuwan: "Perché, mio signore, non andiamo d'accordo?" Kin: "A causa del tuo carattere e del tuo modo di pensare. Sei una persona troppo sensibile verso cose insignificanti."

Urjuwan: "Gli innocenti sono diventati insignificanti?" Kin: "Ci sono priorità, Urjuwan, e la nostra è mantenere questo luogo," indicando il suo trono. Urjuwan: "E questo luogo esisterebbe senza coloro che consideri insignificanti?"

Kin: "Parli troppo, Urjuwan. È un discorso lungo e inutile." Urjuwan, scuotendo la testa, sentendosi profondamente irritato: "Sì, mio signore, continuiamo la nostra discussione."

Kin: "Come ti ho detto, Il Sud ha attaccato I regni di Sofia e ci hanno chiesto supporto per difendere I confini. Quindi, guiderai un gruppo di soldati."

Urjuwan, scuotendo di nuovo la testa, come se sapesse già cosa passasse per la mente di Kin: "Come desidera, mio signore. Quando dovrei partire per il Sud?"

Kin: "Domani. Ti concedo la serata per salutare tua moglie e tuo figlio e per prepararti alla partenza." Urjuwan: "È un grande onore, mio signore. Andrò a prepararmi."

Urjuwan chiese di congedarsi, e Kin glielo permise. Uscì assorto nei pensieri, riflettendo su cosa lo aspettava e su quale destino lo attendeva in quel viaggio. Sapeva che Kin avrebbe raggiunto I suoi obiettivi e colpito due bersagli con un colpo solo: inviare Urjuwan in guerra, evitando che I re di Sofia si lamentassero di non aver inviato soldati forti e vicini a lui, e liberarsi di Urjuwan senza versare una sola goccia di sangue.

Capitolo Dodici
Un Viaggiatore Solitario

Urjuwan passò la notte a salutare il suo piccolo, per poi dirigersi al mattino verso il suo destino ignoto. Si preparò e affilò la sua spada, mentre sua moglie entrò: "Te la stai preparando da solo?"
Urjuwan: "Sono le mie cose, e sono io che devo prepararle." Gina: "Sei l'erede al trono e tutti qui sono al tuo servizio. Devi solo chiedere."
Urjuwan: "Non mi dispiace fare le cose da solo. Non disturberò gli altri con le mie richieste personali." Gina: "Ma è il loro lavoro. Vengono pagati per fare questo." Urjuwan: "Facciamo che dico che faccio solo ciò che mi rilassa. Se non posso essere utile agli altri, sarò almeno utile a me stesso."
Gina, ridendo sarcasticamente: "Utile per la tua famiglia?" Urjuwan: "Cosa intendi con quella risata e quelle parole?" Gina: "Niente, finiamo questa conversazione. Devi partire al mattino."
Urjuwan non tentò di parlare di più o di cercare di capire cosa avesse in mente. L'atmosfera di tensione prevaleva sempre tra loro, e I loro dialoghi finivano sempre velocemente. Gina era conosciuta nel palazzo come una donna fredda e poco loquace.
Al mattino, Urjuwan osservò attentamente suo figlio, avvicinandosi per dargli un bacio prolungato. Gina osservava in silenzio, senza mostrare alcuna emozione. Urjuwan salutò il bambino e, girandosi, vide Gina ferma a guardarlo. Abbassò leggermente la testa e se ne andò senza salutarla. Lei non lo seguì, ma si limitò a guardarlo dalla finestra della stanza del figlio.
Urjuwan si preparò per partire, accolto davanti al palazzo da una truppa di venti soldati. Li guardò, sapendo che questo viaggio non li avrebbe condotti che alla morte. Girandosi per un'ultima volta verso il palazzo, vide sua moglie che lo osservava dalla finestra, prima di volgere di nuovo lo sguardo in avanti e proseguire, mentre Gina rientrava nella stanza con il bambino.

Arrivato a destinazione, Urjuwan dimostrÒ grande abilità e forza in battaglia. I regni che avevano inviato I loro soldati svolsero un ruolo fondamentale nella guerra, rendendo inevitabile la vittoria contro il Sud.

Passarono diversi anni prima che Urjuwan tornasse nel regno di Ajur. Durante questi anni, cercò informazioni sui suoi fratelli nei regni vicini. Venuto a sapere che Fiura viveva bene ed era diventata madre di due figli, e che Gwan era diventato il braccio destro e favorito del re, Kira studiava diligentemente alla scuola di magia, mentre nessuno voleva rivelargli il destino di Jian. Quanto a Lavinia, si era ritirata con il saggio su una montagna, isolata dal mondo.

Capitolo Tredicesimo:
Il Ritorno

Urjuwan tornò nel regno di Ajur dopo diversi anni. La lunga guerra era stata estremamente faticosa per lui, ma le sue abilità di combattimento erano molto migliorate durante quel periodo, e capì l'intenzione di suo padre, che sosteneva che era solo in guerra che un guerriero poteva davvero crescere.

Urjuwan ritornò vittorioso, accolto dalle celebrazioni preparate da Kin per il suo ritorno. Per la seconda volta, Kin si vide costretto a organizzare una festa per qualcuno che voleva eliminare; proprio come aveva organizzato una celebrazione per Jaser, ora faceva lo stesso per Urjuwan.

Nel frattempo, il figlio di Urjuwan era cresciuto in quegli anni, e Urjuwan si rese conto di aver perso molte delle fasi di sviluppo del suo piccolo. Il bambino stava vicino alla madre, che guardava Urjuwan con un'espressione fredda.

Urjuwan, abbracciando affettuosamente suo figlio e tenendolo vicino, sussurrò: "Sei cresciuto molto, piccolo mio. Non sai quanto mi sei mancato." Lo prese in braccio e lo portò all'interno, per trascorrere qualche ora con lui, finché Gina lo interruppe dicendo: "È ora che vada a dormire."

Urjuwan, baciando il figlioletto, disse: "È davvero ora di andare a letto, piccolo mio. Buona notte." Dopodiché si recò nella sua stanza Insieme a Gina.

Urjuwan: "Come stai?" Gina: "Come mi hai lasciata." Urjuwan: "Sono passati tanti anni." Gina, con un sorriso sarcastico mentre cammina dietro di lui senza essere vista: "Davvero? Non me ne sono accorta." Urjuwan, perplesso: "Cosa intendi?" Gina: "Niente, è come se il tempo non fosse mai passato qui."

Il lungo tempo trascorso non aveva cambiato il modo in cui parlavano tra loro, e alla fine entrambi caddero in silenzio.

....

Dall'altra parte, Kin si incontrò con Kor.

Kin, furioso: "È tornato, Kor. È tornato e non è nemmeno stato ferito in questa guerra!" Kor: "Signore, non ti preoccupare. Non abbiamo fallito; abbiamo solo preparato altre occasioni per liberarci di lui." Kin: "Un'altra occasione? Di quale occasione parli? È come il suo maestro, ha sette vite." Kor: "Intendi il suo maestro, Jaser?" Kin: "Sì, e chi altro se non lui?" Kor: "Non puoi negare che alla fine ha eliminato sia lui che Dhargham, riuscendo a uccidere due uccelli con una sola fava." Kin: "Sì, ma quello che ha funzionato con Jaser e Dhargham potrebbe non funzionare con Urjuwan." Kor: "Il fatto che sia qui a corte, sotto I tuoi occhi, significa che ci sono altre opportunità per sbarazzarsi di lui." Kin sospirò profondamente: "È come una spina in gola. Sembra un leone tranquillo, ma quando sentirà minacciare la sua posizione, attaccherà. Più invecchia, più assomiglia a suo padre, Dhargham. La cosa che mi sconcerta ogni volta che penso a questa storia è perché Jaser uccise Dhargham in quel modo." Kor: "Signore, non dovresti pensarci troppo. Ognuno ha ucciso l'altro, e noi siamo stati I soli a beneficiarne. Dopotutto, l'amicizia può trasformarsi in inimicizia da un momento all'altro." Kin: "Non capisci, Kor. Non si tratta solo di Dhargham e Jaser; non è così semplice." Kor: "Forse Jaser sentì che Dhargham lo aveva abbandonato sul campo di battaglia." Kin: "Forse hai ragione, ma la moglie di Dhargham morì in quel periodo." Kor: "Quando si è bruciati dalle proprie sofferenze, si dimenticano quelle altrui, mio signore." Kin: "Spero davvero che tu abbia ragione." Kor: "Perché ti preoccupa tanto quello che è successo, mio signore?" Kin: "Non lo so, Kor. È una sensazione strana, mi rende inquieto."

Capitolo Quattordicesimo: Solo

Passarono altri anni. Urjuwan viveva nel palazzo in pace e si mostrava solo nelle occasioni ufficiali. Nonostante la magnificenza del palazzo con I suoi colori vivaci e la sua posizione privilegiata, la solitudine era la sua unica compagna.
Limitava la sua presenza alle sue stanze e a quella del figlio; dei corridoi del palazzo conosceva solo quelli che attraversava abitualmente.
Una notte gelida, osservò la neve cadere sui balconi della sua stanza e non riuscì a trattenere le lacrime, che riflettevano I suoi ricordi della sua famiglia e dei suoi fratelli in tempi ormai lontani. Si ricordò della città di Barzakh, con la sua neve caratteristica e la sorgente di acqua calda.
Urjuwan, parlando a se stesso: "Come sono finito qui? Cosa è successo a me e ai miei fratelli?"
Era un misto di senso di colpa e nostalgia che lo sopraffece, facendolo piangere con intensità.
Gina stava alla porta senza che lui se ne accorgesse, e, osservandolo, fu sopraffatta da una sensazione indescrivibile e insopportabile, tanto che le sue lacrime iniziarono a scendere. Sentì il proprio viso e si chiese il perché di quelle lacrime.
Gina, fra sé e sé: "Perché? Cosa mi sta succedendo?"
Gina uscì rapidamente dalla stanza senza che Urjuwan la notasse.
Una cameriera si avvicinò a Gina, come apparendo dal nulla: "Signora."
Gina, che usciva lentamente dalla stanza, rispose: "Cosa vuoi?"
Cameriera: "Suo padre la sta chiamando." Gina ritrovò la sua compostezza e, con un'espressione tranquilla, disse: "Va bene, vado subito. Ora puoi andare."
Dopo un respiro profondo, Gina si diresse verso la stanza di suo padre Kin.
Bussò alla porta e Kin le permise di entrare.
Entrò in una stanza grande e lussuosa decorata in oro, con un letto dorato sostenuto da quattro statue d'oro antiche. La stanza era piena di antiche immagini della famiglia reale di Kin. Kin era seduto sul bordo del letto.

Gina: "Mi hanno detto che mi hai chiamato, padre." Kin: "Sì. Come sta tuo marito?" Gina: "È come l'hai lasciato."

Kin: "Sei ancora la stessa, taciturna. Nessuno riesce a capire cosa pensi, e nessuno riesce a ottenere da te quello che vuole; sei come un pozzo profondo in cui non si vede l'acqua."

Gina: "Non pensavo di essere così strana."

Kin ride: "Sai, Gina, se tu fossi stata un uomo, il mio cuore sarebbe stato in pace; non mi sarei mai preoccupato per il mio trono. Hai un'intelligenza che molti uomini non possiedono, ma guarda come sono ridotto: costretto ad accettare uno sconosciuto come mio erede."

Gina: "Non credo che queste parole abbiano un significato ora. Quello che è fatto è fatto, e questa è la realtà."

Kin, arrabbiato: "No, non è la realtà! Ora ho un nipote, ed è lui che erediterà il mio trono, non il figlio di Dhargham."

Gina: "Cosa intendi? Vuoi allontanare Urjuwan di nuovo o fargli del male?"

Kin: "E se fosse così? Lo impedirai?"

Gina: "Sì, non ti permetterò di far perdere a mio figlio suo padre a causa della tua avidità."

Kin, sorridendo sarcastico: "L'hai amato, Gina? Le tue parole e il tuo sguardo lo rivelano."

Gina: "Non so di cosa tu stia parlando."

Kin: "Sai bene cosa intendo. È stato lui a farti piangere, vero?"

Gina: "Non ho pianto."

Kin: "E allora cosa sono questi occhi gonfi e I segni del pianto sul tuo viso?"

Gina restò in silenzio a lungo.

Capitolo Quindicesimo
Una conversazione tranquilla

Le condizioni di salute di Arjwan peggioravano di giorno in giorno, tanto che fu costretto a restare a letto. Il respiro diventava sempre più pesante, e passava la maggior parte del tempo addormentato. Vedeva suo figlio solo di rado e non riusciva a trascorrere con lui molto tempo.
Jina chiamò più volte I medici e I maghi, ma nessuno riusciva a spiegare la causa di tale debilitazione e stanchezza. A volte la febbre si alzava, e Jina, preoccupata, gli preparava bevande calde e usava incantesimi per abbassare la temperatura, che però risaliva poco dopo.

Arjwan si svegliò: "Sei qui?"

Jina, che stava vicino a lui, rispose: "Sì, come ti senti?"

Arjwan annuì: "Meglio."

Jina: "Il tuo viso è pallido, non sembri migliorato come dici."

Arjwan: "Come se importasse a qualcuno che io stia meglio."

Jina, guardandolo con rabbia: "Lo pensi davvero?"

Arjwan: "Non lo vedi anche tu?"

Jina: "Se è quello che credi, allora così sia."

Jina uscì dalla stanza, un misto di rabbia e tristezza la pervase a causa delle parole e dei sentimenti di Arjwan verso di lei.

Fuori dalla stanza, Jina vide la serva che portava bevande calde ad Arjwan parlare con Kor.

Jina: "Che cosa succede qui?"

Kor si inchinò rapidamente: "Signora, è un onore vederti qui."

Jina incrociò le braccia: "Risparmiati queste parole inutili e rispondi alla mia domanda."

Kor: "Stavo solo parlando con la serva della salute del principe, date le voci preoccupanti."

Jina: "Quali voci?"

Kor: "Alcuni dicono che Il principe Arjwan sia morto, o che sia in uno stadio avanzato di una malattia incurabile."

Jina si girò e lasciò la stanza, mentre Kor sorrise compiaciuto.

Capitolo Sedicesimo
Attrazione nascosta

Jina si rese conto della situazione di Arjwan. Entrò nella sua stanza, dove lui giaceva su una sedia, ad occhi chiusi. La stanza era molto fredda, con le tende chiuse. Si avvicinò a lui e gli sfiorò il volto con le dita per tentare di abbassare la sua temperatura.

Poi, sentendosi imbarazzata, si allontanò rapidamente, con il cuore che batteva forte. Respirò a fondo e andò a passare del tempo con suo figlio.

A cena, Arjwan si era già svegliato. La serva portò il suo pasto e uscì. Poco dopo entrò Jina, che subito afferrò il bicchiere di Arjwan e lo gettò a terra.

Arjwan, calmo: "Che stai facendo?"

Jina, infuriata: "Tu che stai facendo?"

Arjwan: "Sto mangiando, e tu hai rovesciato tutto."

Jina, con le lacrime agli occhi: "Bevi il veleno volontariamente e dici che esegui gli ordini?"

Arjwan: "Lo faccio per proteggere chi amo."

Jina, affrontandolo: "Sei un codardo! Pensi davvero che tuo figlio sarà felice di vedere suo padre distruggersi così? Sei egoista, Arjwan. Vuoi solo scappare dai tuoi dolori senza pensare a chi dici di amare."

Arjwan, mentre le lacrime gli scorrevano sul viso, si avvicinò a Jina e posò la testa sulla sua spalla: "Sono esausto. Non ce la faccio più."

Jina, calmata: "La vita è fatta di giorni belli e giorni difficili. Non devi guardare solo ai tuoi piedi, a volte devi guardare chi ti aspetta."

Arjwan, sorridendo: "Come ho fatto a non accorgermi di essere sposato con una donna così forte?"

Jina: "Non è tempo di accorgersene, è tempo di prendere una decisione importante."

Capitolo Diciassettesimo
La Confrontazione

Ken corre velocemente verso la stanza di Arjuwan, seguito da Kor e da alcuni servi e guardie. Le guardie e Kor si fermano alla porta della stanza, e Ken entra.

Entrando nella stanza, trova Gina seduta sulla sedia al posto di Arjuwan.

Ken, sorpreso, le chiede: "Dov'è andato? Dove si trova Arjuwan?"

Gina, calma: "Non è più qui, come vedi."

Ken, stupito dalla sua calma: "Che cosa intendi dire con 'non è qui'?"

Gina si alza e si muove verso di lui: "Intendo proprio quello che ho detto, papà."

Ken, arrabbiato: "Non può andarsene! Non può lasciare il palazzo!"

Gina: "Invece può. Ha scelto la sua strada per la prima volta."

Ken: "E come hai potuto permettergli di andarsene? Sei pazza?"

Gina: "Se il fatto che sia uscito da qui e se ne sia andato significa che sono pazza, allora sono la donna più pazza del mondo. Non ti permetterò di distruggerlo, papà. Non ti permetterò di avere alcuna parte in questo, e non permetterò che un giorno mio figlio mi giudichi per il mio silenzio o per la mia complicità con te."

Ken: "Non capisci Il pericolo che corre tuo padre e il mio regno. Non sai cosa significa se Il figlio di Durgam diventa re. Ho combattuto la mia famiglia per mille anni per impedire loro di arrivare al trono."

Gina: "Allora avresti dovuto, fin dall'Inizio, non farlo diventare tuo genero e tuo erede. Avresti dovuto tenerlo lontano."

Ken: "Non ti avevo detto che sei pazza? Sai quanta forza possiedono quegli occhi? Vuoi che Io me ne privi?"

Gina: "Non serve più parlarne ora. Arjuwan è ormai libero dalle tue catene. Ha trovato la pace e la libertà che gli hai sottratto tanto tempo fa."

Ken, con un sorriso beffardo: "Libertà? Non ti preoccupare, non la godrà a lungo. Lo troverò, non lascerò nessun angolo, anche sotto sette terre, lo troverò."

Ken si volta e urla: "Kor... Kor!"

Kor entra nella stanza In fretta e si inchina: "Comandi, mio signore."

Ken: "Prepara I soldati e le guardie per trovare Arjuwan immediatamente."

Ken era furioso, si voltò verso Gina con rabbia, ma decise di trattenere la sua collera e lasciare la stanza.

Gina respira profondamente, il suo viso riflette ansia e tensione. Il suo cuore batte forte, spaventata per Arjuwan e per il fatto che Ken possa trovarlo.

Gina si trova ora In bilico tra la sua paura per Arjuwan e la determinazione di suo padre di realizzare le sue ambizioni. I pensieri gravano su di lei, ma sa nel profondo di aver preso la decisione giusta.

Si dirige verso la stanza di suo figlio e lo abbraccia forte.

Capitolo Diciottesimo
La Fuga

Arjuwan si nasconde e si ritrova fuori dalle mura del palazzo, solo. Respira profondamente e sente una libertà totale che non aveva mai provato prima.
Si camuffa e Inizia a camminare senza sosta, ma il veleno che aveva nel corpo lo stanca molto. Nonostante la fatica, il senso di libertà è meraviglioso. Gli passa per la testa l'idea che, anche se dovesse morire a causa del veleno, sarebbe comunque al culmine della felicità.
Quando cala il buio, Arjuwan prende una strada isolata, lontano dagli occhi delle guardie. Cammina senza una meta precisa, ma non si ferma e non esita in questa scelta.
I sintomi del veleno si intensificano, il suo corpo chiede riposo, e le sue forze si indeboliscono sempre di più. Dopo aver camminato ancora per qualche metro, crolla a terra privo di sensi ai margini della Foresta degli Spettri.
Arjuwan si risveglia nella foresta, sdraiato su un letto di foglie. Il sole è alto nel cielo e prova a rialzarsi, sorpreso di trovarsi in quel luogo.
Una voce vicina gli dice: "Non cercare di alzarti. Il veleno ha invaso il tuo corpo, sei sopravvissuto per miracolo."
Arjuwan guarda intorno, cercando di capire da dove provenga la voce, ma la sua vista è annebbiata dall'effetto del veleno.
Arjuwan: "Dove sono? E tu chi sei?"
L'uomo: "Quanto a dove ti trovi, sei nella Foresta degli Spettri."
Arjuwan ride forte: "Sono diventato anch'io un fantasma e ho trovato dimora nella foresta? Sembra che il mio odio per Ken sia davvero grande."
L'uomo ridendo: "Sei davvero divertente, non ridevo così da tanto tempo. Esiste forse un fantasma che sente tutto il dolore che provi ora?"
Arjuwan: "Non saprei, non sono mai stato un fantasma."
L'uomo: "Non preoccuparti, sei ancora vivo, ma non sei fuori pericolo. Il veleno scorreva in tutto il tuo corpo."
Arjuwan sospira: "Questa era la risposta alla mia prima domanda. E quanto alla seconda, chi sei tu?"

L'uomo: "Sono Il dottor Salem."

Arjuwan: "E perché mi hai salvato, dottore? Sei forse un fantasma?"

Il dottor Salem: "No, sono un semplice essere umano, e ti ho salvato perché qualcuno me lo ha chiesto."

Arjuwan: "Chi? Gina?"

Il dottor Salem: "no, è stato Sash."

Arjuwan, sorpreso: "E chi è Sash?"

Il dottore: "Lo scoprirai più avanti, ora devi riposare e smettere di parlare. Non fa bene alla tua salute."

Arjuwan: "Ma voglio sapere..."

Arjuwan comincia a perdere conoscenza di nuovo, lentamente.

Il dottore: "Anche se ti dicessi chi è Sash, perderesti coscienza prima di sentire la risposta. La tua capacità di resistere a questo tipo di veleno, e il fatto che tu sia sveglio e parli con me in queste condizioni, è davvero sorprendente. Sembra che I figli degli occhi viola abbiano una resistenza incredibile."

Arjuwan cade in un sonno profondo per altri giorni, durante I quali il dottor Salem non lo abbandona, rimanendo al suo fianco per tutto il tempo. Il veleno non lascia il suo corpo facilmente.

Capitolo Diciannove
La Foresta degli Spettri

Dopo alcuni giorni, Arjwan cominciò a riprendere gradualmente coscienza. Il suo corpo era intorpidito, e il dolore ai muscoli era insopportabile, ma pian piano riacquistò la capacità di muoversi.
Durante il periodo di guarigione, fu accompagnato dal dottore "Salim," che divenne suo amico.
Salim era un uomo maestoso e rispettabile, con occhi neri e capelli folti e bianchi, e una barba corta mista di bianco e nero.
Arjwan si svegliò e recuperò completamente la sua salute, diventando capace di muoversi facilmente. Nei giorni precedenti non aveva incontrato né Sash né gli abitanti spettrali della foresta, affinché potesse riposarsi senza spaventarsi per la loro presenza.
Arjwan: Sono grato per avermi salvato la vita, dottore. Non voglio metterti nei guai con Il re Kin.
Salim: Innanzitutto, non sono stato io a salvarti la vita; in secondo luogo, né Kin né altri possono spaventarmi.
Arjwan: Allora chi mi ha salvato?
Salim: Forse non ti ricordi, ma ti ho detto che è stato Sash.
Arjwan: E chi è Sash? E perché non l'ho Incontrato fino ad ora?
Salim: Sash è Il sovrano della foresta. Non ti ha ancora incontrato perché è uno spettro e non voleva spaventarti.
Arjwan: Sash è uno spettro? Sapevo che gli spettri sono vendicativi e non salvano mai la vita di nessuno.
Salim: Pare che Il tuo caso sia speciale, Arjwan figlio di Dorgam.
Arjwan: Arjwan, figlio di Dorgam... Mi ero quasi dimenticato chi fossi In questo palazzo.
Salim: Nessuno dimentica chi è, e se lo fa, qualcuno deve ricordarglielo.
Arjwan: Hai ragione, dottore.
Salim: Ora devo andare.
Arjwan: Dove andrai?
Salim: Dai miei pazienti. Mi sono trattenuto a lungo per prendermi cura di te.
Arjwan: Mi dispiace di averti disturbato.

Salim: Non è stato un disturbo; è il mio dovere di medico.
...

Capitolo Venti
Notizia Urgente

Tornando al presente, Arjwan decise di uscire per cercare il possessore degli occhi cremisi, ma Sash lo avvertì che Kin e Kor avevano intensificato I soldati e le guardie per trovarlo, e che uscire dalla foresta sarebbe stato molto pericoloso per lui.

Arjwan prese sul serio Il consiglio di Sash, specialmente dopo aver saputo che Kin aveva chiesto l'aiuto della tribù Zar, di cui lui e I suoi fratelli conoscevano bene la potenza nel rintracciare le persone. Decise quindi di non lasciare la foresta per il momento, rinunciando temporaneamente a cercare il ragazzo dagli occhi cremisi e il giovane che aveva sussurrato qualcosa per salvarlo.

Arjwan: Devo fare molto, Sash. Devo vedere mio figlio e mia moglie, trovare I miei fratelli e Incontrare quel ragazzo dagli occhi cremisi e il giovane che ha sussurrato per salvarmi.

Sash: Capisco il tuo desiderio, ma le circostanze non sono favorevoli, quindi devi aspettare.

...

Arjwan: Fino a quando dovrò restare nascosto? Fino a quando dovrò continuare a fuggire?

Sash: Capisco tutto ciò che dici, ma non puoi rovinare ciò che hai raggiunto fino ad ora. Tu e tua moglie avete sofferto molto per fuggire da questo inferno.

Arjwan: Hai ragione. Non posso fare altrimenti.

...

Dopo qualche giorno, Il dottore Salim arrivò nella foresta.

Sash: Le guardie della foresta mi hanno appena avvisato dell'arrivo di Salim.

Arjwan: Davvero? Mi è mancato molto.

Salim entrò di fretta, senza fiato e incapace di riprendersi.

Arjwan: Riposati. Cos'è successo?

Salim fece cenno con la mano, indicando ad Arjwan di aspettare finché non riprese fiato. Dopo aver bevuto un sorso d'acqua, finalmente riuscì a parlare.

Salim: Devi andare alla Città di Smeraldo.
Arjwan: La Città di Smeraldo?! Quella dove si tengono I processi ai traditori e I combattimenti tra guerrieri e maghi durante la festa della vittoria contro I Regni delle Fiamme e la chiusura dei portali?
Salim: Esattamente.
Sash: Perché dovrebbe andare lì? Kin, Kor e tutti I sovrani dei regni di Sophia ci saranno in quel periodo. Metteremmo la sua vita in pericolo così facilmente?
Arjwan: Aspetta, Sash. Cerchiamo di capire cosa intende il dottore.
Salim: Ho ricevuto notizie certe che uno dei tuoi fratelli sarà giustiziato pubblicamente in quel giorno.
Arjwan (scioccato): Uno dei miei fratelli? Chi? E chi ti ha mandato questa notizia? E perché? Dimmi tutto.
Salim: Non so esattamente chi sia. Tutto ciò che so è che sarà giustiziato pubblicamente nel giorno della festa. Chi mi ha mandato il messaggio è una fonte affidabile, ma non mi ha detto chi tra I tuoi fratelli.
Sash: Signore, sarebbe troppo pericoloso andare lì. La città sarà piena di guardie e soldati, e di certo Kin sa che ci andrai. Deve essere una trappola per eliminarti.
Arjwan: Non m'Importa se è una trappola o meno. L'importante è andare alla Città di Smeraldo subito. Devo salvarlo, anche se questo costasse la mia vita.
Sash: Allora non partirai da solo, signore.
Arjwan, Salim e anche Sash si prepararono per il viaggio. Sash e Arjwan indossarono un mantello nero che li copriva interamente, celando volto e corpo.

Capitolo Ventuno
La Città di Smeraldo

Al momento di lasciare la foresta, Arjwan, Sash e Salim trovarono ad aspettarli il giovane dagli occhi cremisi, da solo.
Giovane dagli occhi cremisi: Sembra che la notizia sia arrivata anche a te. Spero che riuscirai a salvarlo e che questa volta tu non ti trasformi in un coniglio codardo.
Arjwan: Chi sei? Come hai fatto a riconoscermi anche se sono camuffato? E cosa vuoi da me, ragazzo?
Giovane dagli occhi cremisi (sorridendo freddamente): Primo, non sono così giovane da poter essere chiamato "ragazzo". Secondo, non importa chi sono o da dove vengo; l'importante ora è che tu prenda provvedimenti per salvare I tuoi fratelli, senza scappare come un codardo.
Arjwan (arrabbiato): Non sai cosa ho passato e cosa mi ha portato a questo punto, quindi come puoi giudicarmi?
Giovane (con calma): Questo ora non è importante. Quello che importa ora è se sarai In grado di affrontare questa situazione o se ti ritirerai e scapperai.
Arjwan cercò di scagliarsi su di lui per colpirlo, ma Il giovane evitò facilmente e si allontanò. Arjwan tentò di nuovo, e poi ancora, ma senza successo. Le risate del giovane dagli occhi cremisi risuonavano mentre Sash e il medico cercavano di calmare Arjwan, che era fuori di sé dalla rabbia.
Alla fine, il giovane si fermò in cima a una collina, ridendo forte:
Giovane dagli occhi cremisi: Sembra che ti piaccia sprecare il tuo tempo qui. Continuiamo pure con questo divertente gioco e lasciamo perdere ciò che è veramente importante.
Arjwan smise di Inseguirlo e si allontanò guardandolo con disprezzo e rabbia.
Il giovane alzò la mano salutando:
Giovane dagli occhi cremisi: Arrivederci. Spero che tu arrivi sano e salvo alla Città di Smeraldo.

...

Arjwan, Sash e Salim arrivarono nella Città di Smeraldo dopo diversi giorni di viaggio, giungendo nella piazza la notte della celebrazione. La città era piena di gente proveniente da ogni luogo per la festa, con le strade affollate e animate dai colori e dalla musica che la rendevano viva.

Nel centro della città si trovava una grande piattaforma, circondata dai troni dei re e delle personalità importanti, e un'area riservata per gli spettatori comuni.

Il banditore annunciava a gran voce nella città:

Banditore: Il traditore sarà punito in piazza a breve, e pagherà presto per il suo tradimento verso I regni!

Arjwan cercò di individuare il prigioniero che sarebbe stato giustiziato, ma la ricerca si rivelò inutile. La folla nella piazza continuava a crescere, e anche I re e le loro corti iniziarono a prendere posto, tra cui Kin e la sua scorta.

Sash, Arjwan e Il medico si nascosero tra la folla, aspettando che il fratello di Arjwan apparisse.

Nel frattempo, su un tetto con vista sulla piazza, si trovavano quattro figure mascherate, tra cui il giovane dagli occhi cremisi e un ragazzo più piccolo, osservando da lontano gli eventi In piazza.

Giovane dagli occhi cremisi: Sembra che Arjwan sia arrivato in piazza, signore. Pensi che riuscirà a fare la differenza?

Ragazzo: Vedo che stai chiacchierando di nuovo. Perché non aspetti e osservi? Potresti anche avere un ruolo In tutto questo.

Giovane dagli occhi cremisi: Va bene, piccolo, non ti risponderò ora. Ho una scena interessante da guardare.

La celebrazione iniziò, e I combattenti entrarono portando spade per eseguire movimenti spettacolari. Lo spettacolo era così affascinante da catturare l'attenzione di tutti, tranne quella di Arjwan, che continuava a cercare.

All'improvviso, Arjwan notò uno dei combattenti, di dimensioni più piccole rispetto agli altri, con il volto coperto. Le luci viola si muovevano intorno a lui, e la sua spada scintillava e brillava.

Arjwan si bloccò, stupito, e rimase fermo.
Sash: Signore, perché ti sei fermato?
Arjwan: Conosco bene questi movimenti. È la danza della spada che caratterizza mio padre. Chi è questa persona?
Arjwan venne attratto dalla piattaforma e si avvicinò lentamente. Sembra che anche Kin avesse notato questa danza, e prima che potesse ordinare alle guardie di attaccare il combattente, questi scoprì il viso, rivelando Lavinia, che sorrideva davanti a loro.
Gli occhi del giovane dagli occhi cremisi si spalancarono esprimendo ciò che gli passava per la mente:
Giovane dagli occhi cremisi: Che bellezza incantevole...

Arrivederci nella terza parte.
Ghada Hassan

Don't miss out!

Visit the website below and you can sign up to receive emails whenever Ghada Hassan publishes a new book. There's no charge and no obligation.

https://books2read.com/r/B-A-VDVX-EAVHF

BOOKS 2 READ

Connecting independent readers to independent writers.

Did you love *Occhi di Viola Volume 2: L'Inseguito (Arjwan) Scritto da Ghada Hassan*? Then you should read *Serie di romanzi Occhi viola La prima parte Tra la città di Barzakh e i regni*[1] by Ghada Hassan!

Si tratta del tradimento di un amico verso il suo amico e di un destino incerto per la famiglia dell'amico.

---

1. https://books2read.com/u/mVLqel

2. https://books2read.com/u/mVLqel

Also by Ghada Hassan

Me and other me
Me and Other Me

Novel The Violet Eyes
The Fugitive Novel
Fiora Novel

Romanreihe Violette Augen
Der erste Teil Die Magie der Söhne der Tore

Serie di romanzi Occhi viola
Occhi di Viola Volume 2: L'Inseguito (Arjwan) Scritto da Ghada Hassan
Serie di romanzi Occhi viola La prima parte Tra la città di Barzakh e i regni

The Violet Eyes series

The magic of the Sons of the gates novel

عيون البنفسج
رواية سحر أبناء البوابات
رواية الهارب
رواية فيورا

Standalone
أنا و أنا الأخرى

Milton Keynes UK
Ingram Content Group UK Ltd.
UKHW041939241124
451423UK00001BA/216